VOYAGE DE GULLIVER

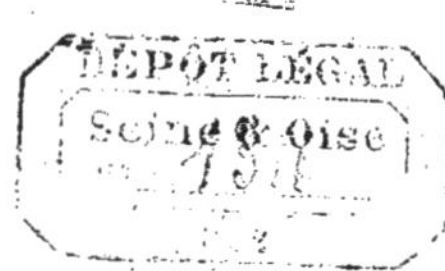

AVENTURES

DE

GULLIVER

CHEZ LES NAINS

ET CHEZ LES GÉANTS

CONTES

ILLUSTRÉS DE 12 CHROMOLITHOGRAPHIES

PARIS

JOUVET ET Cie, ÉDITEURS

45, RUE SAINT-ANDRÉ-DES-ARTS, 45

M DCCC LXXXII

VOYAGE

DE

GULLIVER

CHEZ

LES LILLIPUTIENS

Ce que je vais vous raconter, chers petits lecteurs, vous paraîtra bien extraordinaire. Moi-même, je n'y croirais qu'à moitié, si je ne l'avais vu de mes yeux, imprimé dans un vieux livre anglais.

C'est une aventure bien merveilleuse; un Anglais, nommé Gulliver, prétend en avoir été le héros, il y a de cela plus de cent ans.

Mais laissons-le parler.

Mon père, dit-il, était un riche propriétaire. Il me fit donner une excellente éducation. Devenu grand, je ne voulus pas rester au pays et je partis pour courir le monde.

Six années durant, je naviguai par toutes les mers sans rien rencontrer qui soit digne d'être mentionné; mais ce qui m'arriva la septième année est si intéressant que j'ai voulu l'écrire pour la postérité.

A cette époque, je servais à bord d'un grand navire, en qualité de médecin. Il prit fantaisie à notre capitaine de pousser une pointe vers certaines îles des mers du Sud. Pendant plusieurs jours nous avançâmes à-pleines voiles, sur une mer unie comme une glace; mais tout à coup s'éleva une effroyable tempête qui brisa notre navire sur des récifs.

Je le vis s'engloutir et je perdis connaissance.

Je ne peux pas m'expliquer encore comment j'échappai au désastre. Il y a apparence que je fus rejeté par une vague sur le rivage, car revenu à moi je me trouvai étendu sur le sable.

Les rayons du soleil, qui me frappaient au visage, me parurent intolérables, je voulus me lever; mais, chose étrange, je ne pus faire aucun mouvement : j'étais comme paralysé.

Je portai mes regards autour de moi autant que me le permettait l'immobilité à laquelle j'étais condamné; et je découvris que mes bras, mes jambes et même mes cheveux étaient attachés par des cordelettes à de petits piquets solidement fichés en terre.

Pendant que je cherchais à m'expliquer ce fait, j'entendis autour de moi un bruit, qui me parut ressembler à la fois au bourdonnement d'un essaim d'abeilles, et au trottinement d'une bande de souris.

En même temps je sentis une foule de petits êtres vivants grimper sur mon corps et grouiller sur mes jambes.

Quelques-uns, avec toutes sortes de précautions, montèrent jusqu'à ma poitrine. Moitié crainte, moitié curiosité, je fis un effort vigoureux et dégageai mon bras droit ; je lançai ma main comme pour prendre une mouche et criai en même temps de toutes mes forces : Halte-là !

Aussitôt je sentis avec plaisir que tous ces hôtes incommodes se dispersaient effrayés, tandis qu'une de ces petites créatures se débattait entre mes doigts.

Comment décrire mon étonnement, lorsque, en considérant de plus près mon prisonnier, je reconnus que c'était un petit homme en chair et en os, à peine grand comme le doigt. Avec cela, ce petit homme paraissait très entendu et très avisé.

Il portait un vêtement bigarré et était armé d'un arc et de flèches.

Pendant que j'approchais de mes yeux ce singulier petit être pour l'examiner à loisir, je sentis à la figure et à la main gauche un picotement douloureux, comme si j'avais reçu des coups d'aiguille. Cela m'incommoda.

Je tirai violemment sur mes liens, et je réussis à m'en débarrasser suffisamment pour me mettre sur mon séant et jeter un coup d'œil sur ce qui m'entourait.

Je m'aperçus alors que je me trouvais au bord de la mer, dans une plaine immense. Plusieurs milliers de petits hommes, comme celui que j'avais dans la main, se tenaient autour de moi et semblaient partagés entre la crainte et l'admiration.

Dans le lointain, je remarquai une grande ville dont les édifices ressemblaient beaucoup aux maisons que l'on fabrique à Nuremberg pour servir de jouet aux enfants.

Je compris alors que j'avais été jeté à Lilliput, cette légendaire île de nains, dont mon grand-père, autrefois, m'avait raconté tant de choses merveilleuses, mais que cependant aucun voyageur n'avait réussi jusqu'alors à retrouver.

Craignant que je ne leur fisse du mal, ces petites bonnes gens m'avaient attaché au sol, pendant que j'étais étendu sans connaissance sur le rivage; et comme je retenais prisonnier un des leurs, ils me lançaient des flèches et me piquaient de leurs lances, pour me forcer à lui rendre la liberté.

Heureusement je portais un pourpoint de cuir épais qu'ils ne pouvaient traverser, et quant à ma figure, je la protégeai en plaçant devant elle mon prisonnier, de manière qu'ils s'exposaient à le tuer s'ils continuaient à tirer sur moi.

Cependant je voulais rester en paix avec le petit peuple chez qui j'étais ainsi tombé à l'improviste. D'ailleurs j'étais épuisé, j'avais besoin de repos et je mourais de faim. J'essayai de le faire comprendre à mon petit prisonnier en faisant manœuvrer mes mâchoires devant lui.

Il crut d'abord que c'était lui que je voulais dévorer et me regarda
terrifié. Ce ne fut que lorsque je l'eus doucement déposé à terre, et
que je continuai devant lui ma pantomime, qu'il comprit ce que je
voulais. Il fit part de mon désir aux indigènes qui attendaient pleins
d'angoisse.

Ceux-ci, dès qu'ils eurent compris mes intentions pacifiques, pous-
sèrent de grands cris de joie. Quelques-uns se mirent à danser gaîment
autour de moi, pendant que d'autres allaient me chercher de la nourri-
ture qu'ils apportaient dans des paniers et sur toutes sortes de voitures.

Tout était fort bien préparé, mais je ne faisais qu'une bouchée de
chaque plat, une gorgée de chaque tonneau de vin. Je mettais tout en-
tiers dans ma bouche les dindons et les oies qu'ils me présentaient,
et pour les volailles plus petites, j'en mangeais trente à la fois.

Les petits hommes manifestaient sur tout cela le plus grand étonnement, et lorsque je me débarrassai des tonneaux vides en les jetant en
l'air, ils ne purent assez admirer ma force prodigieuse. Ensuite ils frottè-
rent d'une pommade odoriférante, les blessures que m'avaient faites
leurs flèches grosses comme des aiguilles, et je m'endormis profondé-
ment.

Dans l'intervalle, on avait envoyé un courrier à la capitale pour annoncer mon apparition au Souverain du pays. Celui-ci ordonna de me
conduire aussitôt à sa résidence. Mais, comme je dormais si profondé-

ment qu'il était impossible de me réveiller, on chargea 500 charpentiers de me transporter.

Ils construisirent une sorte d'échafaudage qui avait à peu près ma longueur et ma largeur et qui reposait sur des roues basses. Bien qu'ils s'y fussent pris avec beaucoup d'habileté, en s'aidant de treuils et de cabestans, 1,500 hommes durent travailler plus de trois heures pour me hisser sur ce chariot. Lorsqu'ils y eurent réussi, ils attelèrent plus de mille chevaux pour me traîner dans la ville.

Comme l'empereur se défiait de moi, 500 cavaliers avaient l'ordre d'accompagner la voiture. Ils étaient bien armés et prêts à tirer sur moi si j'avais fait un mouvement ; mais je dormais si bien que je ne bougeai pas. Lorsque les chevaux s'arrêtèrent, il se passa quelque chose de curieux. Un jeune officier de la garde prit fantaisie de mesurer la grandeur de mes narines. Il monta sur la voiture, grimpa sur mes jambes et avança hardiment jusqu'à mon visage. Là, il s'arrêta, tira son épée, et me l'enfonça dans le nez. Ce petit objet me chatouilla comme un fétu de paille, de sorte que je commençai à faire toutes sortes de grimaces ; puis j'éclatai en un si effroyable, ha-a-a-tzzie ! que le téméraire officier, enlevé comme une plume par le flot d'air humide qui jaillit de mes narines, roula assez rudement dans le bas de la voiture.

Heureusement ce héros se releva sans trop de mal, et j'arrivai à la ville sans autre aventure.

Le charriot s'arrêta devant un vieux temple auquel je fus attaché avec 100 chaînes et 50 cadenas de telle sorte que je pouvais à mon gré me glisser dans l'édifice, ou me promener à mon aise devant la porte qui avait un mètre et demi de haut et un mètre de large.

D'abord je restai dehors : cela m'amusait de voir ces petits hommes accourus par milliers de toutes parts, pour admirer l'*homme montagne* (c'est ainsi qu'ils me nommaient). Le monarque lui-même, entouré de sa noblesse, prenait plaisir à me considérer du haut d'une tour voisine.

Sa Majesté lilliputienne avait chargé deux fonctionnaires de l'empire de visiter mes poches, pour voir si je ne portais pas quelques objets dangereux. Ils vinrent avec 300 employés, et par toutes sortes de gestes très clairs, et avec une grande politesse, me firent comprendre la volonté du prince.

Je leur permis de bonne grâce d'appliquer leur échelle, de grimper et de pénétrer dans mes poches. En très peu de temps les 300 employés, qui parcouraient les échelles comme une armée de fourmis, amenèrent au jour les objets suivants : une montre d'or, une tabatière d'argent, un peigne, mon pistolet et ma bourse.

Sa Majesté, voyant que je montrais tant de complaisance, descendit de la tour avec sa suite pour voir de près tous ces objets. Lui et sa cour ne furent pas peu surpris lorsque, par geste et comme je le pus, je leur en expliquai l'usage. Seulement, lorsque je tirai en l'air un coup de mon pistolet, ces petits hommes tombèrent sur le sol comme foudroyés.

Le roi, inquiet pour lui-même et pour ses sujets, donna l'ordre de m'enlever aussitôt cette arme effrayante et de la transporter, avec tout ce qu'on avait trouvé sur moi, dans ses magasins, sur les chariots les plus solides du pays. Ensuite, sans daigner jeter un dernier regard, il rentra dans son palais.

Je me croyais déjà tombé en disgrâce, mais le jour même je reçus des témoignages de la haute faveur de Sa Majesté. 200 serviteurs du palais apportèrent 600 lits des indigènes, desquels 300 couturières m'eurent vite fait un matelas.

Les villages environnants durent chaque matin fournir pour ma subsistance 20 bœufs, 40 porcs et 40 moutons. C'était juste de quoi nourrir 2,000 Lilliputiens. De cette manière je pus vivre sans inquiétude et même d'une façon agréable. Quand je ne voulais pas rester dans mon habitation, je sortais du temple en rampant et m'étendais au soleil.

Une foule de curieux venaient sans cesse se divertir avec moi de mille façons. Peu à peu, je devins si familier à tout ce petit peuple, que les enfants même ne montraient aucune crainte de moi.

Souvent, quand j'étais couché devant le temple, ils venaient par bandes, jouaient à cache cache dans ma chevelure, ou dans mes poches, et faisaient mille farces avec l'innocence de leur âge.

Ce furent ces enfants qui me donnèrent la première teinture du lilliputien. Puis sur l'ordre de Sa Majesté, dix savants s'employèrent à me l'enseigner à fond. J'appris cette langue avec une telle facilité que, quelques semaines plus tard, je pus raconter mon histoire au roi qui venait souvent me rendre visite.

Dès qu'il apprit que j'appartenais à la grande nation anglaise, il me fit mettre en liberté.

La première requête que je présentai fut de visiter la capitale du royaume de Lilliput, ce qui me fut accordé à la condition de ne faire aucun mal aux habitants, ni aucun tort à leurs maisons.

La muraille qui environnait la ville était haute de deux pieds et demi, et large au moins de onze pouces, en sorte qu'un carrosse pouvait aller dessus et faire le tour de la ville en sûreté.

Je passai par dessus la porte occidentale, et je marchai très lentement, relevant les basques de mon habit, de crainte d'emporter en passant les toitures des maisons. J'allais avec une extrême circonspection, pour me garder de fouler aux pieds les gens qui étaient restés dans les rues, malgré les ordres précis, signifiés à tout le monde de se tenir chez soi, sans sortir pendant ma promenade.

Les balcons, les fenêtres des quatre étages des maisons et des édifices publics, et les gouttières même, étaient remplis d'une si grande foule de spectateurs que je jugeai la ville considérablement peuplée.

J'enjambai la muraille entourant le parc et le palais de Sa Majesté le roi et pénétrai jusque dans la cour d'honneur. Là, me couchant sur le côté, j'examinai par les fenêtres ouvertes les plus magnifiques appartements qu'on puisse imaginer.

Après avoir présenté mes hommages respectueux au roi et lui avoir baisé la main au balcon de la salle du trône, je revins par le chemin que j'avais précédemment suivi.

Le roi ordonna ensuite une grande revue en mon honneur, et l'on exécuta toutes sortes d'exercices à cheval. Les Lilliputiens s'y montrèrent cavaliers accomplis. Ils franchissaient sur leurs chevaux mes mains posées à plat sur le sol et accomplirent encore plusieurs tours d'adresse.

Cela me donna l'idée de tendre mon mouchoir, comme une peau de tambour, sur quelques bâtons hauts de 50 centimètres, et d'y mettre 24 des meilleurs cavaliers de la garde pour y faire l'exercice. Ce spectacle fit tant de plaisir aux seigneurs de la cour, qu'ils pensèrent en mourir de rire.

Le Roi ayant un jour donné ordre à une partie de son armée, logée dans la capitale et aux environs, de se tenir prête, voulut se réjouir d'une façon très singulière.

Il m'ordonna de me tenir debout, comme un colosse, les jambes modérément écartées, puis il ordonna à son général en chef, vieil officier très expérimenté, de ranger les troupes en ordre de bataille, et de les faire défiler entre mes deux jambes, l'infanterie par vingt-quatre hommes de front, et la cavalerie par seize chevaux, tambours battants, enseignes déployées et piques haûtes.

Ce défilé s'exécuta dans un ordre parfait, car Sa Majesté avait prescrit, sous peine de mort à tous les soldats d'observer dans la marche la bienséance la plus exacte à l'égard de ma personne. J'aperçus cependant quelques jeunes officiers qui riaient en passant sous cet arc-de-triomphe improvisé et d'une architecture si nouvelle.

Tandis qu'on était à se divertir, Sa Majesté reçut une mauvaise nouvelle :

Les Bléfuciens, habitants d'une île voisine, lui déclaraient la guerre. Aussitôt que je l'appris, j'offris mes services au roi.

Je lui soumis un projet que j'avais formé depuis peu, pour me rendre maître de toute la flotte des ennemis, qui était prête, dans le port, à mettre à la voile au premier vent favorable et à venir bloquer Lilliput. Le Roi ayant approuvé mes desseins, je me mis immédiatement à l'œuvre.

J'ordonnai de fabriquer une quantité de câbles, les plus forts qu'il serait possible : ils étaient de la grosseur environ d'une double ficelle ; je les triplai pour les rendre encore plus forts.

Je me mis alors à marcher dans l'eau avec toute la vitesse que je pus, et ensuite je nageai jusqu'à ce que j'eusse repris pied. J'arrivai à la flotte en moins d'une demi-heure.

Les ennemis furent si frappés à mon aspect, qu'ils sautèrent tous hors de leurs vaisseaux comme des grenouilles, et s'enfuirent à terre.

Je pris alors mes câbles et les liai à la proue de chaque vaisseau.

Pendant que je travaillais, l'ennemi fit une décharge de plusieurs milliers de flèches, dont un grand nombre m'atteignit au visage. Si je n'eusse immédiatement garanti mes yeux au moyen de mes lunettes, ils eussent été infailliblement crevés. Cela fait je commençai à hâler les câbles.

Peine perdue, tous les vaisseaux étaient à l'ancre! Je coupai aussitôt avec mon couteau les câbles auxquels les ancres étaient attachés et j'entraînai aisément avec moi les cinquante plus gros vaisseaux de la flotte.

Quand les Bléfuciens me virent remorquer ainsi toute la flotte à la fois, ils jetèrent des cris de rage et de désespoir.

Étant alors hors de la portée des traits, je m'arrêtai pour prendre haleine, arracher les flèches fichées dans mon visage, et retirer mes lunettes. Puis, conduisant ma prise, j'atteignis le port royal de Lilliput.

L'empereur, avec toute sa cour était sur la jetée du port, attendant le résultat de mon entreprise. Quand il me vit traînant tous ces vaisseaux, et qu'il m'entendit, m'écrier : «Vive le puissant Roi de Lilliput, » il fut d'une telle joie qu'il me prodigua des louanges infinies, et me créa *Nardac*, le plus haut titre d'honneur parmi ses sujets.

Cet exploit me mit si fort en faveur auprès de Sa Majesté, qu'elle dépêcha au temple, mon habitation, 300 tailleurs de la cour, chargés de remplacer mon vêtement qui était fort usé.

Il me fit l'honneur de m'accompagner avec sa suite jusqu'au temple, transformé en atelier. Pour plus de commodité, je dus m'agenouiller, et cette armée de petits ouvriers, grimpant sur moi au moyen de leurs échelles, arrivèrent jusqu'à mon cou et mesurèrent mes dimensions avec des lignes de sonde.

Peu après, je reçus un bel habit tout neuf chef-d'œuvre de l'art du tailleur.

Si bien que je fusse traité à Lilliput, je n'en éprouvai pas moins, après un long séjour, un vif désir de revoir ma patrie.

Un jour que je me promenais mélancoliquement sur le rivage, les vagues y jetèrent un canot vide. Je m'en emparai avec joie pour opérer mon retour.

Je pris congé, non sans attendrissement, de Sa Majesté et de tous mes amis et bienfaiteurs de Lilliput, qui me comblèrent de riches présents. Je mis à la voile, et après une heureuse traversée je revis enfin ma patrie.

A la nouvelle de mon retour, chacun voulut entendre le récit de mes aventures et voir les curiosités que j'avais rapportées de Lilliput.

Je fus si honorablement traité qu'après cela je n'eus plus besoin de courir le monde pour chercher fortune.

Je n'ai point entendu dire que personne ait été, depuis, assez heureux pour parvenir au merveilleux pays de Lilliput.

Mais si la tempête a jeté sur ces côtes quelque nouvel *homme-montagne*, je suis sûr qu'il n'a pas pu recevoir des bons petits Lilliputiens meilleur accueil, ni plus hospitalier.

FIN DU VOYAGE CHEZ LES LILLIPUTIENS.

VOYAGE

DE

GULLIVER

CHEZ

LES GÉANTS

Vous avez certainement eu plaisir à lire, chers petits lecteurs, le voyage de Gulliver chez les nains du pays de Lilliput, et vous avez dû regretter que je ne vous aie pas raconté ses aventures plus longuement. Vous serez donc heureux de trouver ici le récit d'une histoire non moins merveilleuse que la première, si merveilleuse même que je n'y croirais pas, si je ne l'avais lue, de mes propres yeux, dans un livre anglais digne de foi. Mais laissons parler notre héros lui-même.

De retour de chez les bons petits Lilliputiens, je ne tardai pas à m'ennuyer dans ma patrie ; et, au bout de deux mois, je remis à la voile pour courir encore le monde et y chercher fortune. Notre vaisseau s'était dirigé vers le sud pour arriver aux Indes Orientales ; mais une tempête le poussa si loin vers l'est, que le plus vieux matelot du bord ne put dire dans quelle partie du monde nous nous trouvions.

Après avoir été longtemps ballottés sur les flots, nous aperçûmes enfin une grande île. Le capitaine fit jeter l'ancre et envoya à terre une chaloupe avec douze hommes bien armés, pour faire de l'eau. J'obtins la permission de me joindre à eux.

Nous abordâmes donc ; et, pendant que les matelots cherchaient de l'eau, je m'enfonçai plus avant dans l'île, pour examiner le pays de plus près. Comme je ne voyais que landes et rochers, je revins au rivage ; mais, arrivé sur le bord de la mer, j'aperçus mes compagnons qui s'étaient rembarqués et qui faisaient force de rames pour regagner le navire, comme s'il s'était agi pour eux de sauver leur vie. J'allais leur crier de ne pas m'abandonner dans ce lieu désert, quand je vis avec terreur que la chaloupe était poursuivie par un géant d'une stature extraordinaire. L'eau ne lui allait que jusqu'aux genoux ; et il s'avançait en faisant d'énormes enjambées. Heureusement que nos gens avaient sur lui une avance d'un quart d'heure, et purent ainsi gagner le large sans qu'il les atteignît.

Que faire? Pour échapper au géant, je me glissai derrière un gros rocher, et pris ma course vers l'intérieur de l'île. J'arrivai tout hors d'haleine au haut d'une colline escarpée, et je m'arrêtai là, tout surpris de la vue magnifique qui s'offrait à moi.

Le pays était cultivé avec soin. D'immenses champs de blé ondulaient à mes côtés, traversés par une belle et large route. Ces preuves incontestables de civilisation ranimèrent mon courage. Je gagnai cette route, et je m'y engageai. Mais quelle ne fut pas ma surprise de voir que les épis avaient au moins douze mètres de haut, et qu'ils étaient gros comme le corps d'un homme, de sorte qu'ils me fermaient toute perspective.

Il y avait bien une heure que je marchais, quand je vis venir à moi un homme haut comme un clocher, et dont chaque pas mesurait six mètres. Son aspect me frappa d'étonnement et de terreur : je ne lui arrivais pas à la moitié du mollet. Je voulais me cacher dans le champ de blé, lorsqu'il m'appela d'une voix dix fois plus forte que le tonnerre. Je restai cloué au sol tout tremblant. Le géant s'approcha de moi avec cette précaution dont on use quand on veut s'emparer d'un petit animal dangereux. Il étendit la main, me saisit par derrière entre le pouce et l'index, et m'éleva jusqu'à ses yeux, de sorte que je restai ainsi suspendu en l'air, me débattant à plus de vingt pieds au-dessus du sol. Comme il m'enfonçait presque les côtes, je poussai des cris douloureux et demandai grâce pour ma vie. Il comprit ma prière et me mit doucement dans sa poche.

Cet homme était un fermier qui était venu voir si son blé était mûr et bon à moissonner. De retour au logis, il s'empressa de me montrer à sa femme. Celle-ci, en me voyant, poussa des cris aigus comme si on lui avait mis dans la main une araignée ou un crapaud. Mais quand elle vit que j'étais une créature humaine, elle me traita avec bonté. C'était juste l'heure du dîner, et le repas attendait sur la table. Elle me prit donc et m'assit sur la nappe, à côté d'elle ; puis elle approcha de moi une assiette qui avait bien cinq mètres de tour, et qui contenait un morceau de viande avec un peu de pain émietté. Malgré ma faim, la peur m'ôtait tout appétit, car partout j'étais entouré de dangers. Si je glissais de la table à terre, c'était une chute de dix mètres. Ajoutez à cela deux gros chiens, hauts comme des éléphants, et qui, le museau appuyé sur la table, ne me quittaient pas des yeux. Le chat, gros comme un bœuf, tournait autour de nous avec des ronrons si effroyables que j'en étais comme étourdi.

Pour comble de danger entra vers la fin du repas une nourrice, qui s'approcha de la table avec un enfant sur les bras. Dès que celui-ci m'aperçut, il allongea la main vers moi en criant, car il voulait m'avoir pour joujou. Il fallut bien que la fermière satisfît le désir du petit braillard. Elle me prit donc et me tendit à lui. L'enfant me saisit de ses deux mains et me porta à sa bouche ouverte, comme un bâton de sucre d'orge dont on voudrait sucer le bout. Je poussai des cris si perçants qu'il me laissa tomber. Assurément, c'était plus qu'il n'en fallait pour se casser le cou, si la fermière ne s'était vite avancée pour me recevoir dans son tablier. Après le dîner, je me sentis bien las, bien abattu. La fermière me mit dans un lit, qui avait douze mètres de large et sept de haut. J'y fis un somme de deux heures, dont je fus réveillé en sursaut par quelque chose qui trottait autour de moi, en me flairant de tous côtés. J'ouvris les yeux et je vis, à ma grande épouvante, que c'étaient deux vilains rats gros comme des bouledogues. Heureusement qu'en me couchant j'avais gardé mon épée. Je dégaînai, je tuai l'un des rats et mis l'autre en fuite.

Quand, quelque temps après, la fermière entra doucement dans ma chambre, elle fut toute joyeuse de voir avec quelle intrépidité j'avais défendu ma vie. Elle me tira du lit d'où je n'aurais jamais pu sortir seul, tant il était haut, et m'emporta en triomphe dans le salon où était sa fille.

Cette fillette n'avait que neuf ans, mais elle était petite pour son âge et n'avait que douze pieds de haut. Nous fûmes bientôt une paire d'amis. Elle fit de moi sa poupée, et me confectionna des vêtements de sa toile la plus fine, qui pour moi était comme la toile de sac la plus grossière. De plus, elle entreprit de m'apprendre la langue du pays. Je lui donnai le nom de *Glumdalklitsch*, c'est-à-dire, en français, *petite mère ;* elle, elle m'appelait *Grildrig*, c'est-à-dire, en français, *petit homme.*

On sut bientôt dans le pays que mon maître avait trouvé dans son champ une espèce de petit animal à quatre pattes assez rare, fait comme un homme, qui avait une petite voix grêle, qui marchait debout et qui répondait à l'appel de son nom ; du reste tout à fait gentil et apprivoisé, avec des membres bien proportionnés malgré sa petitesse, et un joli visage.

La reine, entendant parler de mon aventure, voulut me voir. Mon maître me mit dans une boîte pourvue de trous pour respirer, et dont Glumdalklitsch avait soigneusement garni les parois d'ouate, afin que je ne me fisse pas mal. Puis il monta sur son cheval, prit en croupe Glumdalklitsch et la boîte qui me contenait, et se mit en route pour la capitale, ne s'arrêtant que dans les villes de quelque importance, afin de m'y montrer pour de l'argent. Dès qu'il arrivait dans l'endroit, il faisait annoncer à son de trompe qu'il était descendu à tel hôtel, avec un petit animal comme on n'en avait jamais vu. Aussitôt les badauds arrivaient en foule pour me voir.

Sitôt que les gens étaient là, Glumdalklitsch me retirait délicatement de ma boîte et me faisait marcher sur la table. Là, sur l'ordre de mon maître, j'exécutais toutes sortes de drôleries. Je faisais la révérence aux spectateurs, je buvais à leur santé dans un dé à coudre, je répondais dans la langue du pays aux questions qu'on m'adressait, je m'escrimais de mon épée, et faisais mainte autre gentillesse.

Après deux mois et demi de voyage, nous arrivâmes dans la capitale, et l'on me conduisit immédiatement à la reine. Ma petite taille et mon adresse lui plurent tant qu'elle m'acheta au fermier mille guinées, c'est-à-dire un peu plus de vingt-cinq mille francs.

Mais, comme je ne voulais pas me séparer de Glumdalklitsch, on permit à ma jeune amie de rester à la cour, pour prendre soin de moi et me continuer ses leçons.

Dès que la reine m'eut en sa possession, elle voulut me montrer au roi. Elle me prit donc sur sa main et me porta dans le cabinet du prince. Celui-ci était un homme d'une figure sévère.

Quand il me vit, il fit un geste de dégoût et demanda à la reine depuis quand elle avait ce goût pour les monstres.

C'est que, lui aussi, me tenait pour un animal d'une espèce singulière. Il avait étudié la philosophie et les mathématiques, aussi me considéra-t-il comme une sorte de machine artificielle répondant au tourne-broche ; ou tout au plus à une horloge exécutée par un habile artiste.

Mais quand la reine m'eut placé sur la table où il écrivait, en m'ordonnant de raconter mon histoire à Sa Majesté, la curiosité du prince s'éveilla. En apprenant de ma bouche, en phrases bien faites, de quelle race j'étais et comment j'étais venu dans ses États, il ne fut plus maître de son étonnement. Cependant, il ne pouvait croire complètement ce que je lui disais. C'est pourquoi il chargea trois savants de me soumettre à un examen attentif.

Ces messieurs m'examinèrent donc de la tête aux pieds et constatèrent que j'étais un *phénomène*. Je ne pouvais pas être un simple nain, disaient-ils, car le nain de la reine, le plus petit homme du monde, avait huit mètres de haut, et je n'en avais, moi, pas même deux.

Je protestai avec énergie que je n'étais pas un *phénomène*, mais bien un homme comme un autre ; et que je venais d'un pays où il y avait des millions d'hommes pareils, avec des arbres, des maisons et des animaux, d'une grandeur proportionnée.

Le roi, cette fois, me crut, et ordonna qu'on me traitât comme une curiosité et avec le plus grand soin. La reine charmée me fit faire des vêtements à la mode du pays, et commanda à l'ébéniste de la cour de me fabriquer une cage qui devait me servir de demeure.

La cage fut bientôt faite, et arrangée avec le plus grand art. Elle avait dix mètres carrés de base et quatre mètres de haut. Le couvercle, pourvu d'un anneau, pouvait s'enlever et se remettre à volonté. Sur les côtés avaient été pratiquées des fenêtres à coulisses du verre le plus fin, et au bas de la façade, une porte par où je pouvais entrer et sortir

Le salon et les deux appartements adjacents étaient capitonnés pour prévenir tout accident, quand on me transporterait. Tous les meubles étaient d'ivoire. Cette demeure me plaisait beaucoup, car rien n'y manquait.

De plus, je prenais mes repas à la table de la reine. Elle aimait à me voir manger avec mon petit couvert d'argent, tandis qu'elle-même en avait un qui ressemblait plutôt à une faux et à une fourche à foin, ce qui me causait une grande peur, quand je la voyais s'en servir trop près de moi.

Malgré la délicatesse de son estomac, elle engloutissait des quartiers de viande qui auraient suffi à nourrir, une semaine entière, une famille de fermiers anglais.

J'aurais pu vivre heureux dans ce beau pays, sans les dangers et les ennuis auxquels j'étais exposé à tout moment, et dont je veux rapporter quelque chose.

Un jour, Glumdalklitsch avait mis ma boîte à la fenêtre, comme on

fait parfois chez nous, pour une cage d'oiseau. Afin d'y faire entrer l'air
et le soleil, elle ôta le couvercle et me descendit un morceau de gâteau.

Comme je m'installais à table pour faire honneur à cette friandise,
arrivèrent une vingtaine de guêpes attirées par l'odeur.

Elles étaient grosses comme des perdrix et bourdonnaient avec un
bruit de cornemuse.

Les unes s'attaquèrent au gâteau et l'emportèrent morceau par morceau ; les autres vinrent voler autour de ma figure, m'étourdissant du
bruit de leurs ailes et m'effrayant de leur aiguillon.

En levant les yeux, je vis le nain de la reine, l'œil collé à la fenêtre de
ma chambre, et me regardant en grimaçant, tout heureux de ma détresse.
Cela me rendit du cœur. Je tirai mon épée pour me défendre contre ces
bêtes, j'en tuai un bon nombre et j'effrayai le reste, qui prit la fuite.

D'ailleurs, le nain de la reine ne s'occupait qu'à me faire mille mi-
sères. Il me poursuivait de ses lazzis, et, comme je savais riposter, j'étais
sans cesse en butte à ses méchancetés.

Un jour, il me jeta dans une écuelle pleine de lait, qui était sur la table
de la reine. Sa Majesté en perdit presque l'esprit; et je me serais noyé
sous ses yeux, si Glumdalklitsch ne s'était aperçue, à temps, du danger
où j'étais, et ne m'avait tiré de l'écuelle.

Le nain eut la punition qu'il méritait.

Souvent Glumdalklitsch m'emportait dans ma cage au parc du roi, où je faisais seul ma petite promenade. Un jour, étendu sur le gazon pour prendre un peu de repos, je suivais du regard un beau papillon dont l'envergure mesurait bien trois mètres, et qui voletait de fleur en fleur.

Absorbé par sa beauté, je ne m'aperçus pas que le chien du jardinier m'avait suivi à la piste. Avant que j'eusse le temps de me lever pour m'enfuir, il m'avait déjà pris dans sa gueule ; et, gambadant gaîment à travers les hautes herbes et par dessus les rochers et les flaques d'eau, il m'emportait, malgré ma résistance désespérée et les cris que la terreur m'arrachait.

Il me déposa enfin devant son maître, en aboyant et en remuant joyeusement la queue.

Le jardinier fut saisi d'une frayeur mortelle, en me voyant étendu immobile à ses pieds. Il me dit une infinité de choses pour me rassurer, et me conjura de ne rien raconter de ce qui m'était arrivé, et de ne pas l'accuser, lui et son chien, auprès du roi.

Je le lui promis bien volontiers, car le vilain nain n'aurait fait que rire de ma mésaventure ; et du reste, je n'avais pas eu de mal. Le chien était si bien dressé qu'en me rapportant il n'avait pas même endommagé mes vêtements.

Voici le plus grand péril que je courus dans ce royaume. Glumdalklitsch m'ayant enfermé au verrou dans son cabinet, était sortie pour des affaires ou une visite.

Le temps était très chaud, et la fenêtre du cabinet était ouverte, ainsi que les fenêtres et la porte de ma boîte.

Pendant que j'étais assis tranquillement près de ma table, j'entendis quelque chose entrer dans la chambre par la fenêtre et sauter çà et là.

Quoique j'en fusse un peu alarmé, j'eus le courage de regarder dehors, mais sans abandonner ma chaise; alors je vis un animal capricieux bondissant de tous côtés, qui, enfin, s'approcha de ma cage et la regarda avec plaisir et curiosité, mettant sa tête à la porte et à chaque fenêtre. Je me retirai dans le coin le plus sombre de la chambre.

Cet animal, qui était un singe, regardant de tous côtés, me donna une telle frayeur, que je n'eus pas la présence d'esprit de me cacher sous mon lit, comme je pouvais le faire très facilement.

Après bien des grimaces et des gambades il me découvrit, passa une de ses pattes à travers la porte, comme fait un chat qui joue avec une souris, quoique je fisse dans la chambre une course folle pour lui échapper, m'attrapa par les pans de mon vêtement, et me tira hors de ma cage.

Il me prit dans sa patte droite, comme une nourrice tient un enfant qu'elle va allaiter. Je me débattis, mais le maudit animal me serra si fort qu'il fallut en passer par tout ce qu'il voulait, sous peine de se voir étouffer.

Tout à coup il entendit du bruit. Par la fenêtre ouverte il sauta d'un bond sur le toit de la maison.

A ce moment j'entendis les cris de détresse de Glumdalklitsch. La pauvre fille était au désespoir, et ce quartier du palais se trouva tout en tumulte.

Le singe, tranquillement assis auprès d'une gouttière, enfournait dans ma bouche, ouverte pour crier, des viandes qu'il avait dérobées, me frappant pour me faire avaler.

Dans la rue les badauds riaient, car excepté pour moi, la chose était assez plaisante.

Enfin au moyen d'une échelle un domestique atteignit le singe, et, s'étant emparé de moi, me mit dans sa poche, et me rapporta à ma gentille maîtresse ; elle fut obligée de me faire prendre un vomitif pour débarrasser mon estomac des ordures que la méchante bête y avait accumulées.

La reine qui m'entretenait souvent de mes voyages sur mer, cherchait toutes les occasions possibles de me divertir quand j'étais mélancolique.

Elle me demanda un jour si j'étais assez adroit pour manier la voile et la rame, et si l'exercice du canotage ne serait pas favorable à ma santé. Je répondis que j'avais quelque expérience de l'un et l'autre travail, car souvent j'avais rempli sur le vaisseau les fonctions de matelot.

Alors la reine me dit que, si je voulais, son menuisier me construirait une petite barque proportionnée à ma taille, et qu'elle me trouverait un endroit où je pourrais naviguer.

Le menuisier, suivant mes indications, me construisit, en l'espace de dix jours, un petit navire avec tous ses cordages, capable de contenir aisément huit européens.

Quand il fut achevé, la reine donna ordre de faire une auge de bois longue de 300 pieds, et profonde de huit, laquelle, bien goudronnée pour empêcher l'eau de s'échapper, fut posée sur le plancher, le long de la muraille, dans une salle extérieure du palais.

C'est là qu'on me fit ramer pour mon divertissement, et pour celui de la reine et de ses dames d'honneur, qui prirent beaucoup de plaisir à voir mon adresse et mon agilité.

Quelquefois je hissais ma voile, et alors les dames provoquaient une tempête avec leurs éventails. Lorsqu'elles étaient fatiguées, les enfants faisaient avancer le navire avec leur souffle, tandis que je tirais des bordées de babord et de tribord au gré de mon désir.

Quand j'avais fini, Glumdalklitsch tirait mon navire de l'eau et le suspendait à un clou dans sa chambre pour le faire sécher.

Mais il faut que je vous raconte un autre cas où brilla mon habileté. Le roi était grand amateur de musique et s'en faisait souvent faire dans son palais. Un jour, ayant appris de moi que, dans ma jeunesse, j'avais su assez bien jouer du clavecin, il me fit porter dans la salle des concerts et me pria de lui jouer, sur cet instrument, un air de mon pays. C'était un peu difficile, car le clavecin avait bien trente mètres de long, et chaque touche deux pieds de large, de sorte que mes deux bras étendus n'embrassaient pas même une demi-octave. Il me fallut donc inventer un nouveau mode d'exécution. Sous la surveillance et à la stupéfaction de Glumdalklitsch, et de son vieux maître de musique, je me mis à arpenter l'instrument en bonds rapides; et, appuyant par-ci, par-là, du pied et avec force, sur les touches, je leur faisais rendre un son clair. Après avoir acquis quelque habitude dans ce nouveau genre d'exécution, je donnai une soirée au royal couple, et lui jouai mainte valse anglaise qui me valut ses applaudissements.

Deux ans s'étaient déjà écoulés au milieu d'aventures pareilles, depuis que j'étais à Brobdignac. Mais si bien que j'y fusse en apparence et si agréable que puisse être parfois, dans de certaines circonstances, le séjour dans une cage, je finis par me dégoûter de vivre avec des hommes au milieu desquels je risquais d'être, à chaque instant, écrasé comme une grenouille ou un petit chien. J'étais, du reste, parfaitement convaincu que je recouvrerais ma liberté tôt ou tard. Cette heure si désirée de la délivrance arriva même plus vite que je ne l'aurais espéré. Un jour, la reine résolut d'aller passer l'été dans son château de plaisance, au bord de la mer. Glumdalklitsch et moi, nous l'accompagnâmes. Mais le voyage fut si fatigant pour nous deux que nous arrivâmes malades. Elle dut garder la chambre, et à moi, les médecins me prescrivirent d'aller respirer l'air frais de la mer. C'est pourquoi un page fut chargé par Sa Majesté de me transporter, dans ma boîte, sur le rivage. Il déposa l'objet sur un rocher au haut d'un promontoire que battaient les flots, et l'y laissa pour aller sur le rivage chercher des œufs de mouette.

Pendant que j'étais là, laissant errer mes yeux sur la mer immense et songeant avec douleur à ma patrie, je sentis tout à coup ma cage fortement secouée; puis, elle s'éleva en l'air et s'envola avec une merveilleuse rapidité. Je me dressai tout effrayé et me penchai par la fenêtre jusqu'à mi-corps, pour découvrir la cause de cet événement extraordinaire.

Je vis qu'un aigle monstrueux avait saisi dans son bec l'anneau de ma boîte et qu'il l'emportait, à tire d'aile, au delà de l'Océan. Sans doute la finesse de son odorat lui avait découvert la présence d'un être vivant dans la cage, et il voulait gagner avec sa proie un rocher isolé au milieu de la mer, pour m'y dévorer en paix.

Dans mon angoisse, je jetai les yeux en arrière pour voir s'il ne m'arriverait aucun secours du pays d'où l'on m'enlevait ; mais je n'aperçus que Glumdalklitsch, debout sur la rive, pleurant amèrement et étendant les bras vers la cage qui s'envolait. Je lui fis de mon mouchoir un signe d'adieu et me résignai à mon sort.

Mon voyage aérien avait duré assez longtemps, quand la cage tomba tout à coup du haut des airs dans les flots. Évidemment, elle était devenue trop lourde pour l'aigle, et était échappée de son bec fatigué.

La hauteur de la chute me causa une si terrible secousse que je m'évanouis complètement. Combien de temps restai-je en cet état? Je ne puis en avoir conscience. En revenant à moi et en rouvrant les yeux, je me trouvai au milieu d'hommes de ma taille et parlant ma langue. Leur costume indiquait des matelots et je reconnus immédiatement que j'étais sur un navire anglais.

Ma joie de me retrouver au milieu d'hommes de mon pays acheva de me remettre, et je leur adressai la parole également en anglais. Étonnés de ce fait, ils m'entourèrent et m'accablèrent de questions. Ils ne pouvaient pas comprendre qu'un de leurs compatriotes fût tombé dans la mer d'une si étrange façon, et ils me racontèrent comment ils m'avaient repêché. Ce fut alors mon tour de leur dire mes aventures. Ils m'écoutèrent, les uns hochant la tête pour témoigner leur incrédulité, les autres, avec l'idée que j'avais perdu l'esprit. Mais quand je leur eus montré quelques curiosités du pays des géants, que j'avais recueillies dans ma boîte, le capitaine du vaisseau vit bien que mon récit était vrai. Il me fit rester à son bord et me donna, de cette manière, les moyens de revoir ma patrie d'où j'étais absent depuis deux ans.

FIN DU VOYAGE CHEZ LES GÉANTS.

8273-77. — Corbeil. Typ. et stér. Crété.

www.ingramcontent.com/pod-product-compliance
Ingram Content Group UK Ltd.
Pitfield, Milton Keynes, MK11 3LW, UK
UKHW021153140726
13695UKWH00005B/2118